8:Ytk
10622

MAHOMET
SECOND.

TRAGÉDIE.

Par Monsieur DE LA NOUE.

Laudem à crimine fumit. Ovid. Met. lib. VI.

Se vend trente fols.

A PARIS;

Chez PRAULT fils, Quay de Conty, vis-à-vis
la defcente du Pont-Neuf, à la Charité.

M. DCC. XXXIX. (3)

PRÉFACE.

OUT le monde convient que le sujet de Mahomet Second, est un des plus difficiles que l'on ait mis sur la Scéne; j'ose dire que la façon dont je l'ai traité, ajoute encore à la difficulté.

J'ai voulu intéresser par Mahomet & pour Mahomet, sans cependant détruire son caractére; j'ai senti toute la charge que je m'imposois; c'est au Public à décider si j'ai succombé sous sa pesanteur.

Mon dessein a été de faire une Piéce sans épisodes, Le développement du cœur de Mahomet, le péril & la mort d'Irène : voilà les seuls objets ausquels j'ai tout sacrifié.

Si cette unité d'action m'a fourni quelques beautés, elle m'a entraîné aussi, malgré moi, dans des défauts que j'ai vûs, que je n'ai point prétendu dissimuler, & que je veux encore moins excuser.

Je n'ai point assez travaillé, & j'ai trop peu de lumieres pour oser décider, mais je crois avoir observé que dans un sujet simple, les caractéres qui semblent d'abord devoir être une ressource pour l'Auteur, deviennent dans l'execution la partie la plus gênante, & la plus difficile à mettre en œuvre.

La raison, si je ne me trompe, est que dans ces sortes de Piéces il y a toujours un caractére transcendant, qui, pour

a

ainfi dire, engloutit tous les autres, & dont le dépoüille-
ment demande beaucoup d'étenduc ; deforte que l'Auteur
eft obligé non-feulement de referrer, mais encore de plier
à l'avantage du premier, la marche & les mouvemens des
autres Perfonnages qui entrent dans la conftruction de fa
Fable : de combien d'exemples pourrois-je m'appuyer ici,
& d'exemples tirés des plus grands Maîtres ?

L'unité d'interêt eft encore, felon moi, un obftacle à l'a-
chévement des caractéres fubalternes; plus on le partage cet
interêt, plus on l'affoiblit ; l'art confifte donc à le rejetter
toujours dans fon entier fur les principaux Perfonnages ;
toutes les fituations doivent donc être ménagées pour eux
feuls : or je demande comment finir des caractéres exclus
des fituations, & dont tous les mouvemens, tous les difcours doivent être fubordonnés à la grandeur & à l'action
d'un autre ? *Judicent periti.*

J'aurois pû faire du Vifir un confpirateur dans les formes,
lui donner des intelligences avec les Princes voifins, l'inte-
reffer pour un frere de Mahomet, &c. J'ai mieux aimé n'en
faire qu'un ennemi du Sultan ; il haït, il cherche à nuire, il
fouléve l'Armée ; la révolte méne à la cataftrophe ; voilà
tout ce que j'en ai voulu tirer ; le moindre inconvenient d'un
jeu plus étendu, d'une conduite plus réguliere, auroit été
de me jetter dans des détails étrangers à mon fujet.

Le caractére de Théodore n'eft pas mieux fini, peut-être
eft-il plus défectueux ; &, par les mêmes raifons, j'aurois pû
le mettre vis-à-vis Mahomet, oppofer grandeur à grandeur.
Je l'ai facrifié à mon Héros ; bien plus, la reconnoiffance
faite, je n'ai point voulu qu'il partageât l'interêt avec Iréne.
Tous ces ménagemens jettent néceffairement fur lui un reproche de foibleffe & d'indécifion que j'ai vû, mais dont je
me fuis crû obligé de le laiffer chargé pour un plus grand

bien ; fa préfence & fon peu de fermeté entroient également dans le plan de mon ouvrage ; fupprimez le Perfonnage, Iréne fe tait fur fon amour, ou devient criminelle en l'avoüant ; donnez-lui plus de force, ou il obfcurcit Mahomet & fe faifit de l'attention du Spectateur, ou il change la fuite des évenemens.

Mon deffein, par ce détail, n'eft pas d'autorifer ces deux caractéres ; mais feulement de faire voir les motifs qui m'ont porté à n'y rien changer, & qui m'ont empéché de profiter dans l'Impreffion, des juftes critiques qu'on en a faites.

Je ne dis rien du Muphty ; il tient fi peu de place dans la Piéce, qu'il feroit ridicule de lui en donner une ici ; quoiqu'il aide au Vifir à foulever l'Armée, je me ferois bien gardé de le produire fur la Scéne, pour ce qu'il y dit, s'il ne s'y trouvoit tout porté comme affiftant à l'entrée triomphante de Mahomet.

Je ne dirai plus qu'un mot, & ce fera, fi on me le permet, fur la cataftrophe de cette Tragédie.

Aux premieres Repréfentations, on me fit un crime de l'action de Mahomet : on auroit fouhaité, ou que j'euffe fait fauver Iréne, ou du moins qu'un autre l'eût immolée ; & je me fouviendrai toujours de l'effet terrible que produifit ce Vers décifif.

Frémiffez, c'eft la main du cruel Mahomet.

Les fentimens aujourd'hui font fi fort changés, que j'ai prefque à me difculper de n'avoir armé Mahomet, fur la Scéne, que d'un poignard inutile ; le bras étoit levé, le Spectateur étoit ému, je devois achever dit-on, & le rendre témoin d'une execution violente, qui auroit porté fon horreur & fa pitié jufqu'au dernier degré.

Je ne penfe pas ainfi, les mœurs & les régles en feroient

bleffées, & je refpecterai toujours les unes & les autres; il ne m'appartient pas de donner en France l'exemple de verfer impunément le fang d'un autre fur le Théatre; exemple dangereux, qui dégenereroit bien-tôt en habitude de carnage, &, qui d'un fpectacle innocent & régulier tel que le nôtre, feroit en peu de tems une arene fanglante, une école d'inhumanité.

J'ai donné à ma Piéce, felon moi, le feule dénouëment qui lui convint; je l'ai préparé le mieux qu'il m'a été poffible, au refte je ne me flatte point d'avoir rencontré jufte dans l'un, ni réuffi dans l'autre; je dis mon fentiment fans vouloir y affujettir perfonne, & j'avouë de bonne-foi qu'un autre auroit pû beaucoup mieux faire.

Ce feroit ici le lieu de rendre grace au Public de l'accueil favorable qu'il a fait à mon ouvrage; fi je ne craignois que le Lecteur ne prît pour un reproche de la précipitation de fes jugemens, mon foin de lui rappeller ici les applaudiffemens qu'il m'a donnés comme Spectateur : Quelle difference de la folitude & du fang-froid du Cabinet, à l'illufion du Théatre, à la chaleur de la Repréfentation, aux inflexions, aux mouvemens d'Acteurs habiles!

. . . . *Cum carmina lumbum.*
Intrant, & tremula fcalpuntur ubi intima verfa.
Perf. Sat. 1ª.

APPROBATION.

J'Ai lû par Ordre de Monseigneur le Chancellier, *la Tragé-die de Mahomet Second*, & je crois que le Public en verra l'Impression, avec autant de plaisir qu'il en a vû les Réprésen-tations. Ce 13 May 1739. Signé CREBILLON.

MAHOMET SECOND.

TRAGÉDIE.

ACTEURS.

MAHOMET SECOND, Empereur des Turcs.

IRE'NE.

THEODORE, Prince Grec, Pére d'Irène.

LE GRAND VISIR.

LE MUPHTY.

L'AGA DES JANNISSAIRES.

TADIL, Confident de Mahomet.

ACHMET, Confident du Grand Visir.

NASSY, Grec, Confident de Théodore.

ZAMIS, Greque, Confidente d'Irène.

PACHAS.

OFFICIERS du Palais.

GARDES.

GRECS.

La Scene est à Byzance.

MAHOMET SECOND.

TRAGÉDIE.

ACTE PREMIER.

SCENE PREMIERE.

LE VISIR, ACHMET.

LE VISIR.

NFIN, felon mes vœux, guidé par fa Captive,
Ami ; c'eft en ce jour que Mahomet arrive.
D'un Triomphe pompeux l'appareil impofant,
Hors de cés Murs encor le retient dans fon
Camp.

Miniftre fans éclat d'une odieufe Fête,
Il veut, qu'ici, par moi, fon Triomphe s'aprête.
Ah ! loin d'y préparer un Trône à fon orgueil,
Cher Achmet, que ne puis-je y creufer fon cercueil!

A ij

Que ne puis-je flétrir ſes Lauriers & ſa gloire !
Mais il faut, à pas lents, marcher vers la Victoire.
Du voile de la feinte entourons nos Projets :
La Prudence peut ſeule aſſurer leurs ſuccès.

ACHMET.

De quels ſuccès encor ſe flatte votre haine ?
Mahomet ſçait gagner les Peuples qu'il enchaîne.
Les bienfaits, dans ces lieux, annoncent ſon retour :
Il y ſema l'horreur, il recueille l'amour ;
Il ſaccagea Byzance en Vainqueur implacable ;
Il revient y regner, en Monarque équitable.
Il a parlé ; les Grecs ont vû tomber leurs fers ;
De ſes graces, ſur eux, les Tréſors ſont ouverts.
Vous l'avez vû cruel, vous voyez ſa clémence :
Imitez-le, Viſir, banniſſez la vengeance.

LE VISIR.

Ainſi donc un Tyran dans ſes brulans accès,
Oſera ſe livrer aux plus cruels excès ;
Entre les mains du crime il mettra ſon tonnerre ;
De larmes, de douleurs il couvrira la Terre ;
Et d'un regard plus doux s'il veut les honorer,
Les vils mortels ſeront contraints de l'adorer ?
Rien ne peut, de mon cœur, refermer la bleſſure.
Le cruel m'a forcé d'outrager la nature.
Ah ! ſouvenir affreux dont encor je frémis !
Ses ordres m'ont contraint à maſſacrer mon fils :
Il voulut ſon trépas, injuſte, ou légitime :
Mais mon bras ne dut point immoler la Victime.

Je frappai.... C'en eſt fait ; ami, laiſſons les pleurs,
Soulagement obſcur des vulgaires douleurs.

Mahomet, je le ſçai, n'eſt point toûjours barbare ;
De vices, de vertus, aſſemblage bizarre,
Entraîné par l'eſſor où ſon cœur s'eſt livré,
Il porte l'un ou l'autre au ſuprême degré.
Monſtre de cruauté, Prodige de clémence,
Héros dans ſes bienfaits, Tyran dans ſa vengeance,
A ſes tranſports fougueux rien ne peut s'oppoſer ;
Et dans le ſeul excès, il ſçait ſe repoſer.

Je ne me flatte point ; je le connois, ce Maître
Que ma haine menace, & qu'elle craint peut-être.
Tranquille maintenant, l'amour qui le ſéduit,
Suſpend ſon caractere, & ne l'a point détruit.
Mais plus pour la vertu ſon cœur a de conſtance,
Et bientôt plus le crime obtiendra de puiſſance.
De moment en moment il peut ſe réveiller ;
Et tandis qu'il ſommeille, il le faut accabler.
Dès long-tems mes complots préparent ſa ruine.
J'ai banni de ſon Camp l'auſtére diſcipline ;
Des Chefs & des Soldats j'ai corrompu les cœurs ;
Sur les plus factieux j'ai verſé les faveurs ;
A la fidélité réſervant la diſgrace,
Mon adroite indulgence a carreſſé l'audace ;
Aux bruits ſemés par moi de ſes lâches amours,
Le murmure a paſſé dans leurs libres diſcours ;
Et ſaiſiſſant enfin l'eſpoir que j'ai vû luire,
Du murmure, au mépris, je les ai ſçû conduire.

C'eſt ainſi que ſemant la feinte & les détours,
J'attaque ſa puiſſance, & j'aſſiége ſes jours ;
J'allume le Tonnerre, & j'empêche qu'il gronde ;
Sans ſavoir mes projets, le Muphty les ſeconde.
Je ne crains que l'Aga. Janniſſaire indompté,
Rien ne peut altérer ſa fiére intégrité :
Imprudent, mais zelé, ſon audace hautaine,
Obtient, brave l'eſtime, & ſubjugue la haine :
Son devoir eſt ſa loy : Son Maître eſt tout pour lui ;
Et je m'efforce en vain d'ébranler cet appui.
Eſpérons toutefois : c'eſt mon frére, & peut-être,
Saiſiſſant les moyens que le tems fera naître,
Son zéle par mes ſoins ſe verra refroidi,
Ou je le tournerai contre mon Ennemi,
Eſt-il quelque rempart conſtruit par la puiſſance,
Que ne détruiſe enfin l'audace & la prudence ?
    Toi, qui depuis long-tems, des malheureux Chrétiens,
Par mes ordres ſecrets adoucis les liens,
De mes conſeils prudents as-tu ſçû faire uſage ?
Tes ſoins ont-ils, des Grecs, relevé le courage ?
Et vers la liberté que je viens leur offrir,
Oſent-ils, en ſecret, pouſſer quelque ſoûpir ?
                    A C H M E T.
Couchés dans la pouſſiére, abandonnés aux larmes,
J'ai long-tems, mais en vain, combattu leurs alarmes.
Le ſuccès leur paraît trop voiſin du danger :
Leurs yeux tremblans encor n'oſent l'enviſager.
Il en eſt cependant, de qui la noble audace,
A bravé, devant moi, la mort & la menace.

Je leur fais efperer votre folide appui.
Il leur manquoit un Chef, & le Ciel aujourd'hui
Flatte l'heureux fuccès où votre cœur afpire.
Le plus vaillant des Grecs, Théodore refpire.

LE VISIR.

Théodore?

ACHMET.

Oui, Seigneur, du fang de Conftantin,
C'eft lui qui du vainqueur troubla l'heureux deftin;
Qui dans ces mêmes murs retarda fa victoire,
Et de fon propre fang lui fit payer fa gloire.
Ce Héros, dans les fers, gémiffoit, inconnu:
Aujourd'hui feulement à la clarté rendu,
De vos deffeins fecrets j'ai promis de l'inftruire;
Et bientôt devant vous on le doit introduire.

LE VISIR.

Théodore, dis-tu, va paroître à mes yeux?
Ami, je le connois; je l'ai vû dans ces lieux;
Quand l'heureux Amurat m'envoya dans Byzance,
Du Grec & du Perfan rompre l'intelligence.
Mais un autre intérêt le rend cher à mon cœur:
Et lui feul, du Sultan, va troubler le bonheur:
Oui, pour en concevoir l'efpérance certaine,
Apprends que cet Efclave eft le pere d'Irene.

AHCMET.

Quoi, de cette Captive?

LE VISIR.

Ami, n'en doute pas.

Il la vit, jeune encor, arracher de fes bras:

A iiij

L'esclavage la mit dans les mains de mon frere :
Je le preſſai long-temps de la rendre à ſon Pere :
Au Sérail du Sultan il deſtina ſes jours ;
Et ſes yeux, du Sultan ont fixé les amours.
Maintenant, cher Achmet, je veux que Théodore
L'arrache par mes ſoins à l'Amant qui l'adore.
Je veux, ſi je ne puis détruire ſon pouvoir,
Dans ſon cœur déchiré porter le déſeſpoir.

ACHMET.

Eh, ne craignez-vous point que le pere lui-même
N'aſpire par ſa fille à la faveur ſuprême ?
Il eſt chez les Chrétiens des cœurs ambitieux.
L'éclat & la grandeur peut éblouir ſes yeux.
Le plaiſir, & l'orgueil de ſe voir près du Trône. . . .

LE VISIR.

Calme le vain ſoupçon où ton cœur s'abandonne.
As-tu donc oublié cette invincible horreur
Qu'un Chrétien, contre nous ſuce avec ſon erreur ?
L'Hymen eſt le ſeul nœud que connoît leur tendreſſe ;
Tout autre engagement n'eſt que crime, ou foibleſſe.
Je connois Théodore : & tout autre lien
Ne ſçauroit éblouir un cœur tel que le ſien.
Que ne peut le Sultan par un hymen ſiniſtre ?
De ſes propres malheurs ſe rendre le miniſtre !
Je ne ſai ; mais peut-être il ne vient en ces lieux
Que pour en allumer les flambeaux odieux.
Ah ! s'il étoit ainſi, ma haine triomphante
Lui raviroit le Sceptre, éloigneroit l'Amante.

Bientôt, en zéle ardent mon courroux déguisé,
Frapperoit sans obstacle un Sultan méprisé.
S'il l'épouse, te dis-je, il se perdra lui-même :
S'il n'ose l'épouser, il perdra ce qu'il aime :
Ou si jusqu'à l'offense il enhardit ses feux,
J'armerai le dépit d'un Pere malheureux ;
Et moi-même guidant le bras de Théodore,
Je saurai le plonger dans un sang que j'abhorre.
Sachons, à nous servir, si son cœur se résout.
S'il se perd, ce n'est rien. S'il immole, c'est tout.

ACHMET.

On vient. C'est lui, Seigneur.

LE VISIR.

Cher Ami, va m'attendre ;
Et que personne ici ne puisse nous surprendre.
Il entre ; laisse-nous.

SCENE II.

LE VISIR, THEODORE.

LE VISIR.

Ciel ! quelle injuste loi
Fait gémir dans l'opprobre un Héros tel que toi ?
Généreux Théodore ! Ah ! malgré ta disgrace,
Partage les transports d'un Ami qui t'embrasse,

THEODORE.

O toi ! qui feul des tiens, fenfible à la pitié,
Sais dans un malheureux refpecter l'amitié,
Si mon cœur, au plaifir pouvoit s'ouvrir encore ;
Je le devrois aux foins dont un ami m'honore.
Il n'eft plus temps. Rends-moi ma prifon & mes fers :
Vos fuccès & nos maux me les ont rendus chers.
Murs, trop mal défendus par mes fragiles armes,
Murs, baignés de mon fang, foyez-le de mes larmes.
De quel fafte étranger me vois-je environné ?
L'Autel étoit ici. Là, mon Roi profterné. ....
Malheureux Conftantin ! Malheureufe Byzance !
Le Ciel, en fon courroux, a brifé ta puiffance ;
Ton effroyable chûte écrafa trente Rois ;
Et l'Univers tremblant en a fenti le poids.

LE VISIR.

Si le fier Mahomet eût fuivi fa conquête,
Sa main, fur trente Rois, étendoit la tempête,
Il eft vrai ; mais l'amour a fauvé l'Univers ;
Au vainqueur de la Terre il a donné des fers.
Apprends que dans ces murs s'eft éteint l'incendie
Dont les feux menaçoient & l'Europe & l'Afie :
Et de ces murs encor on pourroit repouffer
L'Ufurpateur .... Mais non ; il n'y faut plus penfer.
Les Grecs, fi fiers jadis, aujourd'hui vils efclaves,
Ont appris, fans murmure, à porter leurs entraves :
La liberté les cherche, ils n'ofent la faifir ;
Et Théodore enfin ne fait plus que gémir.

THEODORE.

Que dis-tu? notre sort peut-il changer de face?
Ah! si je le croyois. . . . .

LE VISIR.

Rappelle ton audace:
Avant la fin du jour tu seras éclairci
D'un secret important que je te cache ici.
Il t'en souvient; tandis qu'on assiégeoit Byzance,
Par de secrets avis j'éclairai ta prudence:
Mes efforts ni les tiens n'ont pû la conserver;
Mais des mains du Tyran on la peut enlever.
Sais-tu jusqu'à quel point il mérite ta haine,
Ce cruel, qu'en ces lieux un nouveau crime améne?
Sais-tu que pour plonger le poignard dans son sein,
La vengeance & l'honneur ont reservé ta main?
Sans doute on t'aura dit qu'une Captive aimable
Arrive sur les pas de ce Prince coupable? . . .
Frémis; mais venge-toi. Ce fier Usurpateur
Devient, pour t'offenser, un lâche Séducteur.
Cette beauté qu'il trompe, & qui peut-être l'aime,
Cet objet malheureux . . . C'est ta fille elle-même.

THEODORE.

Ma fille! . . . Ah, juste Ciel! Ma fille entre les bras! . . .
Non; elle est innocente, ou ne respire pas.

LE VISIR.

Cesse de te flatter, C'est elle, c'est Iréne:
Que, loin de tout danger, ta prévoyance vaine,
Long-temps avant la guerre, envoyoit à Lesbos,
Et que la servitude atteignit sur les flots.

THEODORE.

Ah ! rompons, s'il se peut, sa chaine criminelle.
Visir, de tout pouvoir daigne appuyer mon zéle.
Que je l'arrache ! . . .

LE VISIR.

Espere un facile succès.
Mahomet la confie aux murs de ce Palais ;
Sans Gardes, presque libre, à soi-même rendue,
Un prétexte pourra te procurer sa vûe.
Soit pour flatter ta fille, enfin, ou la fléchir,
Des rigueurs du Sérail on vient de l'affranchir.

THEODORE.

Visir, sur son destin je ne suis point tranquille.

LE VISIR.

On vient.

SCENE III.

LE VISIR, THEODORE, ACHMET.

LE VISIR à *Achmet.*

REnds, cher Achmet, sa retraite facile.
(*à Théodore.*)
Tu connois ce Palais ; évite tous les yeux :
Et bientôt nous pourrons nous voir en d'autres lieux.

SCENE IV.

MAHOMET, LE MUPHTY, LE VISIR, TADIL, PACHAS, OFFICIERS DU PALAIS, GARDES.

MAHOMET.

Dans ces Murs, qu'a soumis ma valeur intrépide,
Que du Trône Ottoman la Majesté réside!
Ne changeons point leur sort. Ils commandoient jadis :
Qu'ils commandent encor aux Peuples asservis!
Que l'Europe & l'Affrique, au rang de nos Provinces,
Esclaves, comme vous, y contemplent leurs Princes!
Puissent mes Descendans, de cet heureux séjour,
A l'Univers entier donner des Loix un jour!
Les chemins sont ouverts : c'est assez pour ma gloire.
Il est temps de cueillir les fruits de la victoire.
Ce n'est pas sans effort qne mon cœur combattu
Fait céder la Grandeur aux loix de la Vertu.
Dans ce cœur inconstant, l'Orgüeil & la Vengeance,
Je ne le sens que trop, ont laissé leur semence.
Je n'ose vous promettre un bonheur éternel;
Avant d'être clément, vous m'avez vû cruel.
Tremblez.... Mais écartons un funeste présage,
D'une solide paix que ce jour soit le gage.

Peuples , long-temps courbés fous le poids des malheurs ;
Refpirez, votre Maître eft fenfible à vos pleurs ;
Votre Maître eft fléchi ; l'humanité facrée,
La mere des vertus, dans fon ame eft entrée :
Envain l'Ambition veut étouffer fa voix ;
Elle crie à mon cœur que mon Peuple a fes droits :
C'eft elle qui m'apprend qu'un pouvoir fans mefure
Devient pour l'Univers une commune injure ;
C'eft elle qui m'apprend que des nœuds mutuels
Uniffent le Monarque au refte des Mortels ;
Et qu'un Roi qui conferve, eft égal en puiffance
A l'Etre bienfaifant qui donne la naiffance.
J'ai vaincu ; j'ai conquis. Je gouverne à préfent.

(*Au Muphty & au Vifir.*)

Vous, que ma voix tira de la nuit du néant,
Efclaves de mon Trône, ombre de ma Puiffance,
Allez , à l'Univers annoncez ma clemence,
A fes Rois confternés annoncez qu'aujourd'hui
Mahomet peut les vaincre, & devient leur appui ;
Qu'il ne permettra plus au fouffle de la Guerre
De renverfer leur Trône, & d'infecter la terre ;
Que fa gloire eft contente ; & qu'il n'afpire plus
Qu'à rendre heureux fon peuple, & les vaincre en vertus.

Ce n'eft pas tout. Mon cœur laffé du bruit des armes ,
Va goûter les douceurs d'un hymen plein de charmes ;
D'une Efclave Chrétienne il couronne la foi.
Ce n'eft point m'abaiffer ; c'eft l'élever à moi,
Je méprife ces Rois , dont la tendreffe avide
Ne fçait former des nœuds qu'où l'intérêt préfide ;

Commerce, trop fuivi dont j'abhorre la Loi !

Vertu, naiffance, amour, c'eft affez pour un Roi.

LE VISIR.

Seigneur, de tes Soldats je crains la réfiftance :

Leurs nombreux Bataillons trop proche de Byzance....

MAHOMET.

Ecoute mes projets ; cours les executer.

Je ne m'abaiffe pas jufqu'à vous confulter.

Mes ordres font dictés. Et fi quelque Rebelle

Eleve dans mon Camp une voix criminelle,

D'un murmure indifcret que la mort foit le prix!

LE MUPHTY.

Une Chrétienne ? Ciel ! fur le Trône !

MAHOMET au Muphty.

Obéis,

SCENE V.

LE MUPHTY, LE VISIR.

LE MUPHTY.

J'Ai prévû les desseins que ce jour nous révele:
Je les ai dès long-temps confiés à ton zéle.
Visir; & dès ce temps tu juras devant moi
De ne jamais souffrir l'opprobre de ton Roi.
Il fait plus aujourd'hui ce Prince téméraire,
Il ose, des Chrétiens, se déclarer le Pére:
Tu le vois, tu l'entends ; & ses injustes Loix,
Ainsi que ton audace, ont étouffé ta voix.

LE VISIR.

Muphty, je l'avoûrai, j'ai trop crû cette audace;
Eloigné du danger, je bravois sa menace.
Mille moyens s'offroient, j'osois les embrasser :
L'approche du péril les fait tous éclipser.
Il en est un pourtant, triste, voisin du crime;
Mais qu'un Muphty l'approuve, il devient légitime.
Oui, contre les Decrets d'un absolu pouvoir
Tes Decrets peuvent seuls armer notre devoir.
Que la Religion par toi se fasse entendre.
Au prix de notre sang nous irons la défendre.
Sur tes pas entraînés par une sainte ardeur,
De ses droits en péril nous soutiendrons l'honneur;

Et

Et jufques dans les bras du Monarque profane
Nous frapperons l'erreur que le Muphty condamne.
Mais, fans toi, nos efforts facriléges & vains
Nous expofent fans fruit à des tourmens certains.
Tu balances, Muphty !.... C'en eft fait ; & je céde.
Le danger de l'Etat exige un prompt reméde ;
La Religion Sainte éleve envain fa voix :
Son timide Interpréte abandonne fes Droits.
Un Vifir, après lui, le premier de l'Empire,
Fait briller, mais envain, le zéle qui l'infpire ;
Envain le Janniffaire offre un puiffant fecours :
Au milieu d'une Armée il tremble pour fes jours ;
Il ignore, ou plûtôt il céde fa puiffance ;
D'un Monarque infidele il craint la concurrence ;
Il dévore un affront, & ceffe d'être inftruit
Qu'un Prince qu'il condamne eft un Prince détruit.
Hé bien, va donc fubir le joug d'une Chrétienne ;
A fon Culte, à fa Loi, cours immoler la tienne.
D'un hymen odieux Miniftre Criminel,
On t'attend ; va ferrer ce lien folemnel.
Aux Mufulmans trahis ma voix fera connoître
Qu'un Roi qui s'avilit eft indigne de l'être ;
Et qu'un Muphty craintif, à la faveur vendu,
Dégrade un rang que doit occuper la vertu.

LE MUPHTY.

Vifir, de tes tranfports calme la violence.
Je m'abandonne à toi ; je céde à ta prudence.
Avertiffons les chefs du danger de l'Etat,
Avant d'autorifer un néceffaire éclat,

B

Agiſſons ; & tâchons, par force , ou par adreſſe,
D'arracher de ſon cœur une lâche tendreſſe.

Fin du premier Acte.

ACTE II.

SCENE PREMIERE.

IRENE, ZAMIS.

ZAMIS.

NFIN, loin du Serrail Iréne déformais
Va, feule, & fans Rivale, habiter ce Palais.
Prête à verfer fur vous les biens qu'elle moif-
    fonne ,
L'aimable liberté déja vous environne.
Oubliez dans ces murs mille objets odieux,
Qui rendoient le Serrail effrayant à vos yeux.
Oubliez à jamais une retraite impure,
De notre Sexe ici le tourment & l'injure ;
Tombeau de la vertu, méprifable féjour,
Où régne la moleffe, où n'entre point l'amour.
Eh! qui peut, fans rougir, voir dans ce lieu profane
A quels honteux égards la Beauté fe condamne ?

Ces femmes, dont le front ignore la pudeur,
Et dont l'ambition ne tend qu'au déshonneur?

IRE'NE.

Je ne le céle point ; ce changement me flatte.
Toutefois, est-il temps qu'un doux espoir éclate?
En quel lieu sommes-nous ? Et qui nous y conduit?
Quel Trône est élevé sur ce Trône détruit?

Je te revois enfin, malheureuse Byzance,
Monument éternel de Céleste vengeance !
En entrant dans tes murs, j'ai senti tes douleurs ;
Et mon premier tribut est un tribut de pleurs !
Je viens te secourir. Affermis ma foiblesse,
O Ciel ! fais triompher le zéle qui me presse.
Ester sçut désarmer le fier Assuérus ;
A mes foibles appas joins les mêmes vertus.

ZAMIS.

J'approuve avec transport ce dessein magnanime.
Détournez loin des Grecs le joug qui les opprime.
Qui le peut mieux que vous ? D'un Sultan orgueilleux
Le Ciel, à vos attraits, a soumis tous les vœux.
Non, non, ils ne sont plus, ces temps remplis de craintes,
Quand le fier Mahomet repoussoit les atteintes
D'un feu, qui, malgré lui, pénétroit dans son cœur.
L'indomptable Lion frappé d'un trait vainqueur,
Avec moins de courroux mord le fer qui le blesse.
Quels coups ont annoncé sa superbe foiblesse!
Son amour effrayé de ses propres effets,
Se plongeoit dans le sang, prodiguoit les bienfaits;

Du meurtre au repentir conduifoit fa victime,
Guidé par la vertu, confeillé par le crime,
Rappellant des tranfports à l'inftant oubliés,
Prêt à vous immoler, il tomboit à vos pieds.

I R E' N E.

Zamis, qui fçait mourir, fçait braver la menace.
Je ne fçai quel efpoir foutenoit mon audace ;
Cet efpoir que je n'ofe encor interroger,
Verfoit fur moi la force & l'oubli du danger.
Toutefois.... Le dirai je ? Au fein de la victoire
D'un œil trifte & douteux j'envifage ma gloire.
Trop prompte à foulager les maux de nos Chrétiens,
Mon cœur fe feroit-il trompé fur les moyens ?
Si la feule vertu m'a pû fervir de guide,
D'où vient que dans fes bras le remords m'intimide ?

Z A M I S.

Quelle frayeur faifit votre efprit éperdu ?
Que peut vous reprocher la plus pure vertu ?
Combien ai-je admiré votre innocente audace ?
Méprifer les bienfaits, confondre la menace !....
A travers les dangers & l'horreur du trépas,
Quelle main jufqu'au Trône a pû guider vos pas ?
Car enfin, terraffé par un pouvoir fuprême,
Ce n'eft plus un Tyran qui malgré lui vous aime,
C'eft un Héros foumis, tendre, refpectueux,
Et Rival des vertus d'un objet vertueux.

I R E' N E.

N'offre point à mes yeux la trop flatteufe image
D'un Prince, dont mon cœur doit déteffer l'hommage ;

N'égare point, Zamis, un reste de raison,
Trop foible à repousser un dangereux poison.
Ses vertus, son amour, mon cœur, tout m'intimide;
Tremblante à chaque pas, sans conseil, & sans guide,
Dans un triste avenir je n'ose pénétrer ;
Et jusqu'à mon bonheur tout me fait soupirer.
J'ai crû trouver la paix dans ce nouvel asyle;
Je l'habite, & mon cœur y devient moins tranquile.
C'est ici que mon sort a commencé son cours ;
C'est ici que mon Pere a vû trancher ses jours ;
Et moi-même... Ah, Zamis!... Ciel ! qui me vois tremblante,
Je mourrai sans regret, si je meurs innocente.
Mais que nous veut Tadil?

SCENE II.

TADIL, IRE'NE, ZAMIS.

TADIL.

Les Chrétiens empressés
Reconnoissans des biens que sur eux vous versez,
Viennent à vos genoux apporter leur hommage.
Adoucissez les maux de leur triste esclavage,
Mahomet l'a permis. Son ordre toutefois
Vèut ici que d'un seul ils empruntent la voix.

Qu'il vienne.

SCENE III.

IRE'NE, ZAMIS.

IRE'NE.

JUste Ciel! une joye inconnuë
S'empare malgré moi de mon ame éperduë.
Rois, Maîtres des Mortels, ah! quelle est votre erreur,
Quand, la foudre à la main, votre immense grandeur,
D'éclats tumultueux épouvante la terre?
Prenez, prenez le Sceptre, & quittez le Tonnerre;
Soulagez les douleurs d'un Peuple gémissant;
Des bras de l'injustice arrachez l'innocent;
Du foible, du proscrit, relevez le courage :
Du pouvoir absolu c'est-là le vrai partage.

SCENE IV.
THEODORE, IRE'NE, ZAMIS.

IRE'NE.

Mais, hélas ! quel Vieillard se présente à mes yeux ?
Il s'arrête ; il gémit à l'aspect de ces lieux !

THEODORE à part.

C'est ma fille ; c'est elle. Ah ! Pere déplorable !
O Ciel ! ne me sois point à demi favorable ;
Epure les bienfaits que tu veux m'accorder ?

IRE'NE.

Respectable Chrétien, vous n'osez m'aborder !
Dans ce jour fortuné pourquoi verser des larmes ?
Rassurez-vous. Je viens dissiper vos alarmes.
Chrétienne comme vous, vos malheurs sont les miens.

THEODORE.

Madame, recevez l'hommage des Chrétiens.
Par vous seule arrachés à des maux innombrables,
Nous bénissons les fruits de vos soins secourables.
Notre Culte, long-temps insulté par l'erreur,
Par vous seule a repris son antique splendeur.
Que Dieu, pour tant de biens répandus sur Byzance,
Affermisse à jamais vos pas dans l'innocence !
Lorsque de tant de maux vous sauvez les Chrétiens,
Un pere infortuné peut-il gémir des siens ?
Oserai-je à vos yeux exposant ma tristesse,
Outrager par mes pleurs la commune allégresse ?

Madame, ayez pitié d'un Pere malheureux,
Echappé des horreurs d'un cachot ténébreux;
D'aujourd'hui feulement je revois la lumiere :
Et je retrouve, hélas! une fille trop chere,
Une fille pour qui je donnerois mon fang,
Expofée, ou livrée au crime le plus grand.
Un fuperbe Ennemi la tient fous fon empire....
Un Mufulman cruel.... Je tremble .... Je foûpire ....
Il l'aime.... Il eft puiffant .... Je ne puis achever!

I R E' N E à part.

Quel trouble ce Chrétien me fait-il éprouver ?
Quel difcours! quel raport! A peine je refpire.
La pitié fur un cœur a-t-elle tant d'empire ?

(à *Theodore.*)

Pour foulager vos maux, ardente à tout ofer,
De mon foible pouvoir vous pouvez difpofer.
Peut-être votre fille eft encor innocente.
Déployez à fes yeux cette douleur touchante
Que vous communiquez à mon cœur abattu,
Ah! bientôt près de vous renaîtra fa vertu.
Si, comme à votre Fille, un Deftin favorable,
Redonnoit à mes pleurs un Pere refpectable,
Prompte à facrifier Amour, Scéptre, Grandeur,
Aux dépens de mes jours je ferois fon bonheur.
Mais loin de vous calmer, j'irrite vos alarmes.
Moi-même, en vous parlant, je fens couler mes larmes;
Vous arrêtez fur moi vos regards attendris!
Vous pleurez! Ah! j'ai peine à retenir mes cris.

Peu s'en faut qu'à vos pieds je ne tombe éperduë,
O! qui que vous foyez, votre douleur me tuë!

THE'ODORE.

Iréne!...

IRE'NE.

Eh bien, Seigneur, pourquoi me nommez-vous?

THE'ODORE.

Chere Iréne!....

IRE'NE.

Seigneur....

THEODORE.

Ah! mouvement trop doux!

Je pleure... Je t'appelle... & tu doutes encore?

IRE'NE.

Ah, mon Pere! Ah, grand Dieu! C'est lui, c'est Théodore!
Vous foûpirez!... Hélas! Iréne, a-t-elle pû,
En bleffant vos regards, attrifter la vertu?
Ah! mon pere, chaffez un doute qui m'offenfe;
Oui, j'ofe à vos regards m'offrir en affurance.
Je mérite l'amour d'un Pere tel que vous.

THE'ODORE.

Et je me livre donc au tranfports les plus doux;
Ma fille, embraffez-moi. Vous diffipez la crainte
Dont, en vous retrouvant, j'ai reffenti l'atteinte;
Qu'un Sultan orgueilleux fubiffe votre Loi,
Vous êtes innocente, & c'eft affez pour moi.
Mais achevez; calmez mes craintes inquiétes;
Ouvrez les yeux, Iréne, & voyez où vous êtes.

Paré de mille attraits à la pudeur mortels,
Dans ces lieux infectés le crime a des Autels :
Par l'avilissement la faveur s'y dispense ;
A côté du forfait marche la récompense ;
Mille voiles brillans couvrent le déshonneur,
Et toûjours la bassesse y méne à la grandeur.
Ma fille, grace au Ciel, l'erreur ni la foiblesse
N'ont point dans cet abîme entraîné ta jeunesse ;
Mais, crains, fuis le danger, il te presse, il te suit,
L'orgueil l'attend, succombe, & la vertu le fuit,

IRE'NE.

Mon Pere ! digne Auteur de ma triste famille ,
Mon Pere ! dans vos bras recevez votre fille.
La vérité terrible a dessillé mes yeux.
Fuyons. Arrachez-moi de ces funestes lieux.
Parmi tant de dangers ma jeunesse imprudente,
S'égaroit, & marchoit, aveuglée & contente.
Vous m'éclairez. Malgré le trouble de mon cœur ,
Vous me verrez fidelle au devoir, à l'honneur,
A ma foi. Oui , mon Dieu ! brise mon esclavage ,
Tu parles, j'obéis. Acheve ton ouvrage !

THE'ODORE.

Oui , ma fille , sans doute il brisera vos fers :
Oui , sur votre péril ses yeux se sont ouverts ;
Et son bras, jusqu'à vous aujourd'hui ne me guide ,
Que pour encourager votre vertu timide.
De ce vaste Palais je connois les détours,
J'ai de puissans Amis : mes soins & leur secours

M'ouvriront les chemins d'une fuite facile.
Vous, flattez le Sultan par une feinte utile ;
Ménagez-le ; & bientôt, Iréne en liberté,
Bravera son amour & son autorité.
Je vous laisse.

IRE'NE.

Ah, grand Dieu ! vous me laissez ! . . . Mon Père! . . .
Et pourquoi differer un secours nécessaire ?
Vous savez, de ces lieux, les plus obscurs détours,
Je les quitte ; il y va de plus que de mes jours.
Dans l'abîme des flots, dans le sein de la Terre,
Cachez-moi ; sauvez-moi ; tout ici m'est contraire.

(Elle se jette aux genoux de Théodore)

Oui, plûtôt que sans vous elle ose demeurer,
Iréne à vos genoux, aime mieux expirer.

SCENE V.

MAHOMET, THE'ODORE, IRE'NE, ZAMIS, TADIL.

MAHOMET.

QUe vois-je ? Iréne en pleurs ! Iréne suppliante !
Quel mouvement confus m'attendrit, m'épouvante ?
(à Théodore.)
Quel es-tu ? Réponds-moi. Tu te tais vainement ;
Perfide ; tu trahis ou le Prince, ou l'Amant.
Réponds-moi ; n'attends pas que l'horreur du supplice ;
D'un secret odieux me découvre l'indice.

THE'ODORE.

La mort ni les tourmens ne pourroient m'arracher
Un fecret, tel qu'il foit, que je voudrois cacher,
Mais je veux bien ici te révéler mes crimes :
Sultan, contre des feux honteux, illégitimes
J'excitois fes mépris, je raffurois fon cœur ;
Je voulois la ravir à ta funefte ardeur ;
De ces Murs dangereux je voulois la fouftraire,
Tu fais tout ; Vange-toi, Sultan ; je fuis fon Pere.

MAHOMET.

Son Pere !

THE'ODORE.

Oui : connois-moi. Je fuis ce Grec enfin,
Qui dans ces mêmes Murs balança ton deftin,
Quand le courroux du Ciel fecondant ton courage,
Permit aux Mufulmans d'y porter le ravage.
Trop heureux, fi ton bras eût terminé mes jours,
Puifque, des tiens, mon bras ne put trancher le cours !
Depuis ce jour fatal, Efclave miférable,
J'ai langui dans les fers : le Deftin qui m'accable
Ne les brife aujourdhui que pour me faire voir
Mon dernier bien, hélas ! ma fille en ton pouvoir.
Mais je puis me vanger ; fa vertu m'eft connue ;
Et fi je lui défends de paroître à ta vûë,
Ardente à m'obéir, le plus affreux trépas,
Ni le plus tendre amour ne l'ébranleront pas.

MAHOMET.

Chrétien, ta fermeté ne me fait point injure :
Tu me bleffas, Bien loin que ma gloire en murmure,

J'étois ton Ennemi, tu défendois ton Roi ;

J'estime ton courage, & respecte ta foi.

Tu pourrois te vanger ? Ta fille obéissante,

Fuiroit de mon amour la poursuite éclatante ?

Crois-tu que mes efforts prétendent la ravir ?

Crois-tu que par la force on veuille l'asservir ?

Ah ! mon cœur n'eut jamais, pour engager Iréne,

Que mon amour pour nœuds, & mes bienfaits pour chaîne.

Ne connois-tu de moi que ma seule fureur ?

Tu m'as vû dans la guerre armé de la terreur,

Tonner sur tes Remparts ; & Vainqueur trop sévére,

Du sang de tes Chrétiens faire fumer la Terre :

Mais tu ne m'as point vû, plus doux, plus généreux,

Adoucir des Chrétiens le destin rigoureux,

Et dans les cœurs de tous laver par ma clémence,

Les titres odieux acquis dans ma vengeance.

Ne me reproche plus une juste rigueur,

Crime de la Victoire & non pas du Vainqueur.

Tu voulois enlever Iréne à ma tendresse !

Imprudent ! Si le sort des Chrétiens t'interesse,

Garde-toi de nourrir le dangereux espoir

D'arracher de mes mains l'appui de leur pouvoir.

Si tu ne veux hâter leur ruine certaine,

Garde-toi d'éveiller un courroux qu'elle enchaîne.

Tu veux m'oter Iréne ? Ah ! connois Mahomet,

Si c'est-là ton dessein, j'en vais presser l'effet.

    Je suis Maître de vous. Esclaves l'un & l'autre,

Je dispose à mon gré de son sort & du vôtre ;

Vos perſonnes, vos biens, vos jours, tout m'eſt ſoûmis :
Je vous rends tous les droits que le Ciel m'a tranſmis ;
Soyez libres tous deux, Maître de ta famille,
Tu peux, ou m'enlever, ou me donner ta fille :
Et j'atteſte le Ciel, que reſpectant ta Loi,
Mon cœur n'y prétend plus, s'il ne l'obtient de toi.

THE'ODORE.

Je demeure immobile. O grandeur qui m'étonne !
Prince, digne en effet de plus d'une Couronne,
Pourquoi me forces-tu moi-même à me trahir ?
Eſclave, je pouvois librement te haïr ;
Libre, les tendres nœuds de la reconnoiſſance,
M'enchaînent malgré-moi ſous ton obéiſſance.
L'interêt de Byzance & des Peuples Chrétiens,
Veut qu'ici je conſente à ces fatals liens.
Une illuſtre Princeſſe, à ton Pere aſſervie,
Par un ſemblable hymen a ſauvé la Servie.
Triſte exemple ! Mais quoi ? la ſageſſe eſt ſans choix,
Quand la néceſſité fait entendre ſa voix.

MAHOMET.

Le ſuffrage d'un Pere eſt peu pour ma tendreſſe ;
Iréne, c'eſt à vous que Mahomet s'adreſſe.
Votre ſort eſt fixé ; reſte à remplir le mien,
Formez-vous ſans murmure un auguſte lien ?
Sans crainte, ſans égard, que votre voix prononce,
M'aimez-vous ? Que le cœur dicte ſeul la réponſe.
Vous êtes libre enfin.

IRE'NE.

Je l'ai toûjours été,
Garand de ma pudeur & de ma liberté,

(*Elle tire un Poignard.*)

Regarde ce Poignard. De moi-même maîtresse,
J'ai vû d'un œil égal ta fureur, ta tendresse :
Et, si sur moi le crime eût tenté son effort,
Ma vertu se sauvoit dans les bras de la mort.
Mon Pere, & toi, Sultan, connoissez dans Iréne,
Ce que peut le devoir sur une ame chrétienne.
De ce fer, à tes yeux, j'eusse percé mon cœur,
Et ta tendresse, à peine, égale mon ardeur.
Les Rois pour effrayer ont la toute-puissance,
Mais pour gagner les cœurs, ils n'ont que la clémence,
Mon amour est le prix de tes hautes vertus,
Et je t'estime assez pour ne te craindre plus.
Cette preuve suffit.

(*Elle jette le Poignard.*)

MAHOMET.

Je frémis ! & j'admire.

La voilà cette gloire où mon orgueil aspire !
A ces nobles discours, à tout ce que je voi,
J'ai trouvé, grace au Ciel, un cœur digne de moi.
Ah ! pour me l'attacher plus fortement encore,
Ce cœur, qu'avec amour je chéris & j'honore.
Ce cœur, dans qui le mien va lire son devoir,
Iréne, partagez mon Trône & mon pouvoir.

(*à Théodore.*)

Chrétien,

Chrétien, foyons, amis ; c'eft moi qui t'en conjure ,
Je refpecte, & j'ignore une union fi pure ;
Inftruis-moi ; foûtiens-moi : tu liras dans mon cœur :
Tes foins en baniront le crime & la fureur.

 Plaifirs nouveaux pour moi ! mouvemens pleins de char-
  mes !
Vous me faites fentir que la joie a fes larmes.
Le Pouvoir, les Grandeurs n'ont pû remplir mes vœux :
Un inftant de vertu vient de me rendre heureux.
Agiffons, il eft tems. Va raffurer tes freres ;
Qu'ils refpirent enfin fous des loix moins févéres.
Des fureurs du Muphty j'ai fçû les affranchir :
Sous toi, fous ton pouvoir, je veux les voir fléchir.
Ordonne ; agis ; guéris leurs bleffures cruelles :
Soûmis à toi, fans doute, il me feront fidelles.
Tes Prêtres ne pourront refufer mes bienfaits ;
Et je brave, des miens, les murmures fecrets.
Oui, dûffai-je à mes pieds voir tomber ma Couronne,
Je cours executer ce que l'honneur m'ordonne !
O ! plaifir pour un Roi rare & voluptueux !
Je régne fur deux cœurs libres & vertueux.

SCENE VI.

THE'ODORE, IRE'NE, ZAMIS.

THE'ODORE.

M A fille; que l'espoir n'aveugle point votre ame,
Plus d'un obstacle encor peut traverser sa flâme.
Demeurez dans ces lieux. Attendez que du Ciel
S'accomplisse sur vous le décret éternel.
Préparez-vous à tout. Quoique Dieu vous ordonne,
Recevez du même œil la mort ou la Couronne.
Il est doux de régner pour protéger sa Loi,
Il est beau de mourir pour conserver sa foi.

Fin du second Acte.

ACTE III.

SCENE PREMIERE.

IRENE, ZAMIS.

ZAMIS.

SEROIS-je blâmer la douleur imprevûë
Que vous tâchez en vain de cacher à ma vûë ?
Vous soupirez ! hé quoi ? si pour quelques mo-
   mens
Un Pere se dérobe à vos embrassemens,
Devez-vous donc pleurer l'instant qui vous sépare ?
Songez à tous les biens que l'Hymen vous prépare.
Mêler vos tendres pleurs à des momens si doux ,
C'est honorer le Pere, en affligeant l'Epoux.

IRENE.

Moi, l'affliger, Zamis ! Ah ! ma vive tendresse
Lui soumet pleinement ma joie & ma tristesse.
Mon cœur est agité : Pour lui rendre la paix,
Parlons de ce Héros, parlons de ses bienfaits.

Enfin, autour de moi je leve un œil tranquille.
Ce Palais, de nos Grecs, eſt devenu l'aſyle.
L'impieté, long-temps attachée à mes pas,
S'éloigne, & déſormais ne m'approchera pas.
Prémices de ma joie, ainſi que de la tienne,
Déja tout eſt Chrétien auprès d'une Chrétienne.
Ciel! qu'il va redoubler mon zéle & mon ardeur,
Cet heureux changement qui remplit tout mon cœur!
Ton Dieu s'appaiſe enfin, malheureuſe Byzance;
Que pouvoit contre lui ta fragile puiſſance?
Sur tes remparts fumans, l'eſclavage & la mort
Ont triomphé ſans peine, & regné ſans effort.
Pour porter dans ton ſein des coups trop légitimes,
Tes ennemis n'étoient armés que de tes crimes.
Il frappa ton orgueil; il couronne ta foi:
La pitié ſecourable ouvre ſes yeux ſur toi.
Loin de tes chers enfans écartant les allarmes,
Mes ſoins ſauront tarir la ſource de tes larmes.
Ah! ſi d'un doux Hymen mon cœur ſe ſent flatté,
C'eſt qu'il devient le ſceau de ta félicité.

SCENE II.

NASSI, IRE'NE, ZAMIS.

IRE'NE,

Nassi, que voulez-vous?

NASSI,

Votre pere, Madame,

Le trouble sur le front, & la douleur dans l'ame,
M'a confié pour vous ce Billet important.
Il doit, près du Visir, se rendre en cet instant.

IRENE *après avoir lû tout bas.*

Qu'ai-je lû? Que devient mon bonheur & ma joie?
Je m'y livrois entiere, & le Ciel la foudroie.
Si l'espoir dans un cœur s'introduit lentement,
Qu'avec rapidité la douleur s'y répand!

ZAMIS.

Le Sultan vient.

SCENE III.

MAHOMET, IRENE, ZAMIS.

IRENE.

Seigneur, vous me voyez tremblante.
Connoissez un forfait, dont l'horreur m'épouvante.

MAHOMET lit.

En vain à votre Hymen nos Prêtres ont souscrit.
Des Musulmans jaloux la colere s'aigrit.
Sans lui communiquer l'avis de votre pere,
Ménagez le Sultan ; obtenez qu'il differe.
On nous menace : on dit qu'un rebele Sujet,
Prétexte votre Hymen pour perdre Mahomet.

IRENE.

Seigneur, vous vous taisez! Une fureur tranquille
Arrête sur ces mots votre vûe immobile !
Frémissant du péril où j'allois vous plonger......

MAHOMET.

Je frémis de l'affront, & non pas du danger.
C'est Mahomet, c'est moi qu'un Esclave menace !...
Vous gémissez, Iréne! Epargnez-moi de grace ;
Vous m'outragez. Trembler, ou pour vous, ou pour moi,
N'est-ce pas m'accuser de foiblesse, ou d'effroi ?
Ah! loin d'aigrir mon cœur par ce nouvel outrage,
Songez que le calmer fut toujours votre ouvrage.

Méprifez comme moi des Efclaves jaloux ;
Et n'armez point contre eux l'amour & le courroux.

IRE'NE.

Moi, Seigneur, moi, contre eux armer votre colere ?
Epoufe de leur Roi, ne fuis-je pas leur mere ?
Que ne peut mon Hymen ? Ce lien fi flatteur,
De l'univers entier affure le bonheur !
Je ne crains point pour vous leur téméraire audace ;
Je ne crains point pour moi leur frivole menace ;
Je ne crains que pour eux ces foudroyans éclats
Que votre cœur enfante, & ne maîtrife pas.
Moi, contre eux élever mes plaintes dangereufes !
Périffent à jamais ces beautés malheureufes,
Qui loin de tempérer les rigueurs du pouvoir,
Des Peuples fupplians ofent trahir l'efpoir ;
Qui pouvant au pardon déterminer un Maître,
Aiment mieux, par fes coups, le faire reconnoître !
Non, Seigneur, non, jamais ne daignez m'écouter,
Si jamais, à punir, j'ofe vous exciter.

MAHOMET.

Iréne, de mon cœur foyez toujours maîtreffe ;
Mais ne le portez point jufques à la foibleffe.
Souffrez que quoiqu'ici vous m'ofiez demander,
J'apprenne à pardonner, & non pas à céder.
Je confirme à jamais les dons, que fur Byzance,
Que fur tous vos Chrétiens a verfé ma clémence.
Et quant à notre Hymen, c'eft aux yeux du Soldat,
C'eft dans mon camp qu'il faut en tranfporter l'éclat.

Oui , je veux pour témoins d'une union si belle ,
Mes Peuples , mon Armée , & les yeux du Rebele.
Tant qu'aux regards d'un Maître il craindra de s'offrir ,
Je le puis ignorer, mais non pas le souffrir ,
S'il paroît , à la mort rien ne peut le souftraire.
Qu'il fléchisse , il vivra. Ce n'est point la colere ,
C'est la seule équité qui dicte cet Arrêt ;
Et l'amour lui veut bien céder son intérêt :
Mais après le serment qui nous joint l'un à l'autre ,
Pour le rompre, il n'est plus que ma mort ou la vôtre.

I R E' N E,

C'en est fait ; mon amour perd sa timidité.
Je brave les clameurs du Soldat irrité.
De ses emportemens j'ai pénétré la cause ;
Et le remede est sûr , puisqu'Iréne en dispose.
Pour appaiser enfin vos Peuples offensés ,
Je puis mourir pour vous , Seigneur ; & c'est assez.
Mais mon pere est absent. Je ne suis point tranquille.
Ce Palais dans mes bras lui présente un asyle.
Il tarde trop long-temps. Je cours le rappeller.
Près de vous , près de lui , qui pourra me troubler ?
En cessant de trembler pour deux têtes si cheres ,
Ma joie & mes plaisirs deviendront plus sinceres.
Du plus cruel destin je braverai les coups ,
Si je puis conserver mon Pere , & mon Epoux.

SCENE IV.

MAHOMET, TADIL.

TADIL.

LE frere du Vifir, l'Aga des Janiffaires,
Vient à vos pieds. . . . .

MAHOMET.
Qu'il entre. Ah! tremblez, téméraires.

SCENE V.

MAHOMET, L'AGA.

L'AGA proſterné.

TON Efclave à genoux pénétré de douleur,
Ofera-t-il parler?

MAHOMET.
Parle.

L'AGA ſe releve.
Frémis d'horreur.

Tes Soldats revoltés menacent ta puiffance :
Je fuis leur Chef. Je viens m'offrir à ta vengeance.
Frappe : mais n'étends point ta colere fur eux.
Ils veulent t'arracher à des liens honteux.

Pleins de respect pour toi, ton amour les irrite.
Satisfais le courroux que ma franchise excite ;
Punis-moi : je ne puis survivre à ton honneur.

MAHOMET.

Malheureux ! Que prétend ton zéle & ta fureur ?
Ne me connois-tu plus ? Tu formas ma jeunesse ;
Tu m'es bien cher : mais si tu combats ma tendresse,
Ton trépas est certain.

L'AGA.

Je mourrai : mais du moins,
Seigneur, avant ma mort daigne accepter mes soins:
Qu'un souple Courtisan te trompe & te caresse ;
Ton ami meurt content, s'il bannit ta foiblesse.
J'ose t'interroger. Que fais-tu dans ces murs ?
N'est-il pas dans ta vie assez de jours obscurs ?
Jouet d'un vil amour dont le feu te surmonte,
Par un plus vil Hymen tu veux combler ta honte.
Te dirai-je comment tes ordres rejettés ? . . . .
Ah ! que n'as-tu pû voir tes Soldats irrités,
S'amasser, s'écrier, se plaindre avec colere ?
» Hé quoi donc, répetoit le brave Janissaire,
» Quoi, nous l'avons perdu ce Sultan redouté,
» Dont l'exemple échauffoit notre intrépidité ?
» Quoi, sans pleurer sa mort, faut-il pleurer sa gloire ?
» Lui, qui du monde entier méditoit la victoire,
» Qui dans Rome captive, arborant le Croissant,
» Devoit voir à ses pieds l'Univers fléchissant,
» Ce même Mahomet, plein d'une obscure flâme,
» Languit depuis deux ans aux genoux d'une femme ;

» Et pour elle rompant les Loix de fes Ayeux,

» Quoiqu'Efclave & Chrétienne, il l'époufe à nos yeux !

    Ah ! Seigneur, tu connois ce que peut l'infolence

D'une Armée une fois livrée à la licence,

Arme, non point contre eux, mais contre ton amour

Arme les fentimens d'un généreux retour.

Vole à ton Camp. Ton œil redoutable & févere

Confondra d'un regard l'orgueilleux Janiffaire ;

Ou plûtôt rappellant tes projets oubliés,

Souhaite une Couronne : elle tombe à tes pieds.

MAHOMET.

Oui, je la confondrai cette Armée infolente,

Qui réveille en mon cœur une valeur fai glante ;

Oui, je le leur rendrai ce févere Empereur :

Ils me veulent cruel : qu'ils craignent ma fureur.

L'amour ne me rend point infenfible à l'injure.

Mon bras va dans leur fang étouffer le murmure.

Et toi, fors, malheureux.

L'AGA.

             Tu m'as promis la mort :

Je vais la mériter par un dernier effort.

Dans les bras de l'amour je méconnois mon Maître :

Puiffai-je à fa vengeance enfin le reconnoître !

Que fais-tu dans ces murs ? Pourquoi laiffer flétrir

Ces Palmes, ces Lauriers, que tu voulois cueillir ?

Byzance eft fous tes Loix : entre dans la carriere,

Ouvre les bras, l'Europe y vole tout entiére ;

Son Empire eft à toi. Les imprudens Chrétiens

S'empreffent de Briguer l'honneur de tes liens.

Sur le triste Occident daigne jetter la vûe ;
Vois régner sur ses Rois la discorde absoluë ;
Vois ses foibles Tyrans détruire avec fureur
Les Remparts, qui pourroient arrêter ta valeur.
Chrétiens contre Chrétiens, quel Démon les anime !
Ardens à s'entraîner dans un commun abîme,
Le Vaincu, le Vainqueur, l'un par l'autre pressé ,
Sous leurs coups mutuels y tombe renversé.
Aveuglés par la haine, aucun d'eux n'examine
Qu'en perdant son Rival, il hâte sa ruine ;
Que chaque Combattant qu'il ose terrasser,
Sont autant d'Ennemis qu'il te faudroit percer,
Et que de quelque part que panche la victoire,
Tout est perte pour eux ; tout conspire à ta gloire;
Du poids de ta puissance étouffe leurs discords ;
Enchaîne au même joug les foibles & les forts.
Tout autre bruit se tait, lorsque la foudre gronde,
Tonne sur ces cruels, & rends la paix au monde.
Ce sont-là les projets nobles & glorieux
Qui flattoient, mais envain, nos cœurs ambitieux;
Ce sont-là les projets, qu'une funeste flâme
Interrompt, ou plûtôt efface de ton ame.
Ainsi donc l'amour seul arma tes Combattans!
Là, se terminent donc tant d'exploits éclatans!
Ainsi donc à travers le fer, le sang, la flâme,
Tes vœux impatiens n'ont cherché qu'une femme!

　　　(Il se jette aux genoux de Mahomet.)

Tu rougis! Ah! rends-moi mon Auguste Empereur.
Que la gloire t'éveille ; elle parle à ton cœur ;

Elle parle à ton cœur, cette gloire immortelle :
Tu refiftes envain ; ton cœur eft fait pour elle.
Oui, malgré ton amour, malgré fes vains tranfports,
Elle y jette, à mes yeux, la honte & les remords.
Vainement, à fes cris, ton ame fe refufe :
Tu l'entends, Mahomet, & ton trouble t'accufe.
Sous tes coups maintenant puiffai-je être immolé,
J'ai le prix de ma mort ; la Gloire t'a parlé.

MAHOMET *à part.*

Je l'avouërai, malgré la fureur qui m'anime ;
En déchirant mon cœur, il force mon eftime.

(*à l'Aga.*)

Je te laiffe le jour. Ceffe de condamner
Un amour dont la voix m'enfeigne à pardonner.
Apprends, par cet effort, qu'il eft une autre gloire
Que celle que la Guerre attache à la Victoire.
Apprends que fi l'amour n'étoit une vertu,
Mahomet, par l'amour, n'eût point été vaincu.
Toutefois, je le fens, ma bonté déja laffe,
S'épuife, en pardonnant à ta coupable audace.
Retourne dans mon Camp ; fais trembler mes Soldats.
Qu'ils craignent de pouffer plus loin leurs attentats !
Rien ne peut différer mon hymen qui s'apprête :
A leurs yeux, dès ce jour, j'en célébre la fête :
Tout Rebelle infolent tombera fous mes coups ;
Ou les Traîtres, fur moi fignalant leur courroux,
Préviendront, par ma mort, l'arrêt que je prononçe.
Ils me verront. Adieu ; porte-leur ma réponfe.

SCENE VI.

L'AGA *seul.*

IL menace ; il me fuit. Le trouble de fon cœur
Semble ici m'annoncer que mon zéle eft vainqueur.
Achevons, s'il fe peut ; & foyons-lui fidelle.
Je n'en fçaurois douter ; quelque puiffant Rebelle
Du venin de difcorde infecte le Soldat.
Quel qu'il foit, détruifons le Traître & l'attentat ;
Rendons l'Armée au Prince, & le Prince à l'Empire.

SCENE VII.

LE VISIR, L'AGA.

LE VISIR.

ARrête. Où t'a conduit le zéle qui t'infpire ?
Tu quittes le Sultan ; qu'as-tu fait ?

L'AGA.

Mon devoir.

LE VISIR.

Pourquoi donc feul ici te cacher pour le voir ?
Sçais-tu bien qu'indignés de ta lâche conduite,
Nos Chefs, à ton falut, n'ont laiffé que la fuite ?

Sçais tu bien qu'accufé des plus noirs attentats,
L'Armée, entre mes mains, a juré ton trépas ?
On dit, vil Délateur, qu'aux maux les plus finiftres,
Tes confeils ont livré de fideles Miniftres :
On dit que de fes feux timide Approbateur,
Tu nourris, du Sultan, la criminelle ardeur.
Si tes jours te font chers, garde-toi de produire
Cet ordre humiliant dont tu n'ofes m'inftruire.
Aux yeux de nos Soldats crains de te préfenter,
Sans fçavoir nos projets, fans les exécuter.

L' A G A.

J'ignore vos projets ; j'ignore quels Miniftres
Mes difcours ont livrés aux maux les plus finiftres ;
J'ignore que l'Armée en tes mains m'ait profcrit :
Mais je n'ignore plus le Traître qui l'aigrit.

LE VISIR.

Et quel eft-il ?

L' A G A.

C'eft toi.

LE VISIR.

                          Pourquoi m'appeller Traître ?
Je foûtiens mieux que toi la gloire de mon Maître.
Aux confeils de l'Amour l'empêcher d'obéïr,
Le rendre à fa Grandeur, eft-ce là le trahir ?

L' A G A.

Quel es-tu, pour vouloir, dans le cœur de ton Maître
Forcer les Paffions à naitre, à d'iparoître ?
Quel es-tu, pour ofer, de fa gloire, à ton gré,
Déterminer l'objet, & marquer le degré ?

LE VISIR.

Quel je fuis ? Apprend donc, puifqu'il faut t'en inftruire ;
Qu'un Vifir eft l'appui, le falut d'un Empire,
L'Oracle de l'Etat, l'inftrument de la Loi,
L'œil, la voix, le génie, & le bras de fon Roi.
Cette part du pouvoir où l'on nous affocie,
N'eft plus au Souverain, dès qu'il nous la confie :
Et fouvent au befoin ce feroit le trahir,
Que même contre lui ne nous en pas fervir.
Elle eft entre nos mains, afin que la prudence,
A l'abri du refpect, fubjugue la Puiffance ;
Et nous devons enfin forcer les Souverains
A vouloir leur bonheur, & celui des Humains.

L'AGA.

Je ne fuis qu'un Soldat : & de mon ignorance ;
Un Vifir voudra bien me pardonner l'offence.
J'avois crû qu'un Miniftre appellé par fon Roi,
Lui devoit plus qu'un autre & fon zéle, & fa foi ;
Que plus il approchoit du facré Diadême,
Plus fa foumiffion en devoit être extrême.
Et qu'un trait réfléchi du fuprême pouvoir,
En effrayant fon cœur, y fixoit le devoir.
J'ai crû que tout Sujet, dont l'infolente audace,
A côté de fon Prince, ofoit marquer la place,
N'étoit plus qu'un Rebelle, un Perfide, un Ingrat,
La honte de fon Maître, & l'effroi d'un Etat.
J'ai crû que fans refpect regarder la Couronne,
C'étoit anéantir l'éclat qui l'environne.

Er

Et qu'à quelque degré qu'on en puisse approcher,
C'étoit la profaner que d'oser y toucher.

Ah! ne te couvre plus d'un zéle qui m'irrite.
J'entrevois les projets que ta fureur médite.
Trop sûr qu'à tes complots j'opposerois mon bras,
Tu m'as rendu suspect aux yeux de nos Soldats.
Tu crains que Mahomet, par mon soin magnanime,
Ne renonce à l'hymen dont tu lui fais un crime.
Des armes qu'il te donne avant de le percer,
Par les mains du Soldat, tu veux me renverser.
Esclave révolté, songe à te mieux connoître.
Loin d'attenter sur lui ; tremble aux pieds de ton Maître.
Souviens-toi qu'un Sultan, par le Ciel couronné,
Peut être condamnable, & non pas condamné.
Si sur toi, sur les tiens, tombe son injustice,
S'il entraîne l'Etat au bord du précipice,
S'il immole sa gloire à de lâches amours,
S'il ternit en un jour l'éclat de tant de jours ;
Pleure ; mais obéis : c'est-là ton seul partage.

LE VISIR.

Cesse de me tenir ce timide langage.
Où régne l'injustice, il n'est plus de pouvoir ;
Où manque la puissance, il n'est plus de devoir.
Peux-tu donc me blâmer ? L'Epoux d'une Chrétienne
Est digne de ta haine ainsi que de la mienne.
Je méconnois un Roi, digne de mes mépris.
Qu'il soit ce qu'il doit être, & nous serons soumis.
Peux-tu voir, fier Aga, les Chrétiens dans Byzance
Usurper sans obstacle une injuste puissance ?

D

Veux-tu que Mahomet, achevant ses projets,
A leur infâme joug enchaîne ses Sujets ?
De tous les coins du monde Irène les appelle :
Tout seconde l'espoir dont leur cœur étincelle.
A l'ombre de son nom leur culte rétabli,
Insulte insolemment aux decrets du Muphty.
Bientôt, n'en doute point, leur troupe mutinée,
De l'Empire Ottoman changeant la destinée,
Après avoir chassé Mahomet de ces lieux,
Répandra dans l'Asie un feu séditieux.
Secourus du Germain, aidés de Trébizonde,
C'en est fait, les Chrétiens sont les Maitres du monde.
Tu chéris le Sultan, tu prévois tous ces maux,
Et tu peux t'endormir dans un lâche repos!

L'AGA.

Non, je ne puis souffrir que mon Roi s'avilisse.
Borne-là tes desseins, & je suis ton complice.
Il oubliera bientôt de dangereux appas,
Si nos pleurs, si nos cris arrachent de ses bras
L'orgueilleuse Chrétienne à qui son cœur se livre;
A ces conditions je suis prêt à te suivre.
Si tu pousses plus loin tes odieux projets,
Je te perce le cœur, & je m'immole après.

SCENE VIII.

LE VISIR *seul.*

V A, je te conduirai plus loin que tu ne penses;
De la révolte, en lui, j'ai jetté les semences.
Achevons. Ou s'il ose encor me traverser,
Le Soldat veut son sang ; je le laisse verser.

Fin du troisième Acte.

ACTE IV.

SCENE PREMIERE.

MAHOMET, TADIL.

TADIL.

EIGNEUR, de vos tranfports calmez la vio-
 lence ,
Ces regards , ces foûpirs , & ce profond filence,
D'une vive douleur témoignages certains....

MAHOMET.

'Ami , d'un trouble affreux mes efprits font atteints.
Voile aimable, long-tems étendu fur ma vûe,
Douce fécurité, qu'êtes-vous devenuë ?
Cruel Aga ! Pourquoi defillois-tu mes yeux ?
Pourquoi, dans les replis d'un cœur ambitieux,
Avec des traits de flamme aiguillonnant la gloire,
A l'Amour triomphant arracher la Victoire !

Je crois l'entendre encor. Sa redoutable voix ,
Me frappe, me réveille, & m'accable à la fois.
En lisant mon devoir à sa clarté brillante,
J'abhore le flambeau que sa main me présente.
Tandis qu'il me parloit, l'amour le condamna ;
Le courroux l'immoloit, l'orgueil lui pardonna.
Content de fuïr, content d'essayer la menace,
Je n'ai pû ni souffrir, ni punir son audace.

TADIL.

Ah ! reprenez , Seigneur , des soins dignes de vous ;
Laissez gémir l'amour : Son frivole courroux
A déja trop long-temps balancé la victoire.
Méprisez ses conseils ; n'écoutez que la gloire ;
Achevez ; triomphez d'un dangereux objet,
Et reprenez des soins dignes de Mahomet.

MAHOMET.

Tadil, à mon amour cesse de faire injure.
Loin d'en rougir, apprends qu'une flâme si pure ;
A tous mes sentimens imprimant sa grandeur ,
Aux plus hautes vertus sçut élever mon cœur.
A peine je l'aimai, cet objet magnanime,
Qu'un pouvoir inconnu me sépara du crime.
Pour lui plaire, abjurant de tyranniques Loix,
De l'exacte équité j'interrogeai la voix :
Le glaive du pouvoir dans ma main redoutable,
Apprit à distinguer l'Innocent du coupable.
Sur mon Trône, long-temps Théâtre de forfaits ,
Je plaçai la pitié , la clémence & la paix ;

Déja mon cœur changé, goûtoit sa récompense,
Et mettoit sa grandeur dans la seule innocence.
Non, à tant de vertus je ne puis renoncer :
Non, vainement la gloire ose ici m'en presser ;
Vainement à l'amour elle oppose ses charmes :
La cruelle se plaît dans le sang, dans les larmes ;
Le tumulte, l'horreur l'accompagnent toûjours ;
Et je puis être heureux sans son fatal secours.

TADIL.

Du Vainqueur de Byzance est-ce là le langage ?
Faut-il, de vos exploits vous retraçant l'image ? . . . .

MAHOMET.

Non, Tadil ; de mon cœur tu connois la fierté,
Laisse, laisse gémir un amour révolté ;
Laisse dans ses éclats mourir sa violence,
L'ambition, sur moi, n'a que trop de puissance.
Crains que portant trop loin d'impétueux transports,
Je ne prépare ici matiere à mes remords.
D'un triomphe commun je méprise la gloire ;
Et j'aime, par le sang, à payer la victoire.
L'horreur a pénétré mon cœur & mon esprit ;
Le dépit, destructeur, m'agite & me saisit.
L'amour, plus que jamais tyrannisant mon ame,
Attise de ses feux la dévorante flamme ;
Mais il n'est plus mêlé de ses ravissemens,
De ses tendres langueurs, de ses doux mouvemens ;
Il jette dans mon cœur le desespoir, la rage ;
Il ne respire en moi que le sang, le carnage.

Mon ame abandonnée aux plus cruels tranſports,
Pour ſortir de ſon trouble, a ſoif de mille morts.
Ah! ſi de mes Soldats la révolte coupable
Acheve d'enflammer mon courroux implacable....
Juſte Ciel! Je frémis.... Témoin de mes fureurs,
Non, jamais l'Univers n'aura vû tant d'horreurs.
Le Viſir m'eſt ſuſpect. Que la mort l'environne :
Sa vie eſt criminelle, & je te l'abandonne.
Mon pouvoir abſolu dépoſe le Muphty,
Qu'au même inſtant que l'autre, il ſoit anéanti.
Va, je mets en tes mains ma foudre, ma vengeance.
Laiſſe-moi ſeul.

SCENE II.

MAHOMET ſeul.

ENfin j'évite ta préſence,
Irène ; & l'aſcendant d'un funeſte devoir,
Pour la premiere fois balance ton pouvoir.
Ah! puiſqu'il le balance, il le vaincra ſans doute.
Si le triomphe eſt beau d'autant plus qu'il nous coûte,
Quel plus noble Laurier pourroit me couronner,
Que celui qu'en ce jour je prétends moiſſonner ?
Sors de mon cœur, amour ; & fais place à la gloire :
Tes murmures ſont vains ; je ne te veux plus croire.

SCENE III.

MAHOMET, THE'ODORE.

THE'ODORE.

SUltan, de tes bontés permets-nous de joüir.
Le bonheur de ma fille a trop fçû m'ébloüir.
Le péril qui la fuit, le danger qui te preffe,
Rompent l'augufte nœud que formoit ta tendreffe.
Libres par tes bienfaits, permets que fur mes pas,
Iréne aille cacher de funeftes appas.
Son repos, ton honneur, fa fûreté, ta vie,
Son Pere, tout enfin ordonne qu'elle fuie.

MAHOMET.

Tout l'ordonne, dis-tu ? Mais l'ai-je commandé ?
Par qui fon fort doit-il être ici décidé ?
Quel empire, quels droits te reftent-ils fur elle ?
Qui te les a rendus ?

THE'ODORE.
　　　　　Ton Armée infidelle,

MAHOMET.

Mon Armée ! Ainfi donc tu m'ofes apporter
L'ordre que mes Soldats prétendent me dicter ?
Sçais-tu que cette audace, en toi feul impunie,
A tout autre Mortel auroit coûté la vie ?

Tu n'es plus fous ces Rois tremblans, fubordonnés,
D'un Peuple impérieux Efclaves couronnés,
Monarques dépendans, affervis fur le Trône,
Que fous le nom de Loix l'impuiffance environne,
Phantômes du Pouvoir, dont le bras impuiffant,
Courbe, au gré de l'audace, un Sceptre obéiffant.
Ah! fi le Defpotifme a choifi quelque Siége,
C'eft celui que j'occupe, & qu'en vain on affiége :
Et fi dans fon entier je ne l'avois reçû,
Par moi feul, à fon comble il feroit parvenu.
Capable d'immoler mon amour à ma gloire,
Déja je méditois cette grande victoire :
J'ofois défigurer dans mon cœur alarmé,
L'image d'un objet fi tendrement aimé.
Mais n'attends plus de moi ce cruel Sacrifice,
Peuple ingrat : à tes yeux je veux qu'il s'accompliffe
Cet Hymen, dont en vain ton orgueil eft bleffé.
En faveur de l'amour l'honneur intereffé,
M'offre l'appas flatteur d'une double Victoire :
En couronnant mes feux, je conferve ma gloire.

THE'ODORE.

Eh ! pourquoi refufer de remettre en mes bras,
L'objet de tant de trouble & de tant de combats ?
Epargne à mes regards la douloureufe image
De ces Murs défolés par un fecond ravage ;
Epargne à ma douleur le fpectacle cruel,
De ma fille, à mes pieds tombant du coup mortel ;
Et s'il faut dire tout, de toi-même peut-être,
Malgré tout ton pouvoir, abattu par un Traître.

MAHOMET.

Plus tu peins le péril prêt à nous accabler,
Plus je sens mon courage à ta voix redoubler.

THE'ODORE.

Peux-tu livrer ma fille à la fureur cruelle ? ....

MAHOMET.

Je respire ; je l'aime ; & tu trembles pour elle !

THE'ODORE.

Un Peuple tout entier a conjuré sa mort.

MAHOMET.

Un amant Souverain te répond de son sort.

THE'ODORE.

La trahison, la force, ont tonné sur sa tête.

MAHOMET.

La puissance & l'amour chasseront la tempête.

THE'ODORE.

Tu périras toi-même.

MAHOMET.

Eh bien donc, sans pâlir,
Sous les éclats du Trône il faut m'ensevelir ;
Il faut, si l'on m'arrache à ce degré sublime,
Que l'Autel en tombant écrase la Victime.
Reprens auprès de moi ta noble fermeté.
Opposons au péril une mâle fierté ;
Frappons les premiers coups ; cherchons qui nous offense.
Détruisons. ....

SCENE IV.

TADIL, MAHOMET, THÉODORE.

TADIL.

PArdonnez à mon impatience;
Seigneur; je crains encor d'être venu trop tard.
Le Muphty, déployant le terrible étendart,
Soûleve à son aspect un Peuple téméraire.
Tout le suit : le Spahy, l'orgueilleux Janissaire,
Courant sous un saint voile aux derniers attentats,
Y dresse en même tems & sa vûë & ses pas,
Tout s'apprête au carnage; & déja dans la Ville....

MAHOMET.

(*à Théodore.*)

Traîtres, vous le voulez!..... Demeure en cet asyle;
Rassemble les Chrétiens admis dans ce Palais :
Je te laisse ma Garde, & je te la soumets.

(*à Tadil.*)

Tadil, qu'on obéisse aux loix de Théodore.

SCENE V.

IRE'NE, MAHOMET, THE'ODORE, TADIL.

IRE'NE.

Quel attentat, Seigneur ? Quel crime vient d'éclore !
Quel péril ! . . . .

MAHOMET.

Ce n'eſt rien. Un peu de ſang verſé,
Un Chef anéanti, le péril eſt paſſé.

IRE'NE.

Ah ! Seigneur étouffez une funeſte flamme ;
Laiſſez, laiſſez-moi fuir.

MAHOMET.

Vous, me quitter, Madame !
Juſte Ciel ! . . . . demeurez ; & ne préſumez pas
Que j'aime, où je haïſſe, au gré de mes Soldats.
Raſſurez-vous ; calmez d'inutiles allarmes.
Il eſt temps de verſer du ſang, & non des larmes.

TADIL.

Ah ! Seigneur, permettez. . . .

MAHOMET.

Malheureux, laiſſe-moi.
Ton Roi, contre un Eſclave, a-t'-il beſoin de toi ?

SCENE VI.

THEODORE, IRENE.

THEODORE.

MA fille, à la pitié je porte un cœur sensible,
Vous pleurez Mahomet : sa perte est infaillible.
Le Visir, dès long-temps son secret ennemi,
N'attendoit qu'un prétexte, & l'amour l'a fourni.
A peine à votre hymen je venois de souscrire,
Que d'un complot fatal on a trop sçû m'instruire.
J'ai voulu, mais en vain, détruire ce projet,
J'ai couru vers ces Murs : j'ai pressé Mahomet
De rompre des liens formés pour sa ruine :
Au mépris du danger, l'amour le détermine ;
Il se perd. Suivez-moi : les Mutins en courroux
Bien-tôt se seront fait un chemin jusqu'à vous.

IRENE.

'Ah ! mon Pere, en quel temps voulez-vous que je fuie ?
Cause de tant de maux, pourrois-je aimer la vie ?
Je n'en sçaurois douter, Mahomet va périr ;
Il meurt ; & vous m'avez permis de le chérir.
'Ah ! vous m'avez perduë ; & mon ame tremblante,
Succombe sous les noms & de fille & d'amante.

THEODORE.

Chere Iréne, cessez d'échauffer dans mon cœur
Une triste amitié qui parle en sa faveur.

Penſez-vous qu'inſenſible au coup qui le menace,
L'honneur n'ait pas déja conſeillé mon audace ?
Mais.....

IRENE.

Ah ! Je vous entends ; votre cœur inquiet
Craint de commettre un crime en ſauvant Mahomet.
Dans votre ame à jamais exempte d'artifice,
Le ſcrupule, le doute aſſiégent la juſtice.
Oſez interroger votre cœur combattu :
Le préjugé lui parle, & non pas la vertu.
Depuis quand, au mépris du ſang qui l'a fait naître ;
Un Roi, s'il n'eſt Chrétien, n'eſt-il plus votre Maître !
Et ce Scéptre, & ce Glaive, en ſes mains, dons du Ciel ;
Qui lui peut arracher, ſans être criminel ?
Eſt-il quelque pouvoir, au-deſſus de Dieu même
Qui puiſſe anéantir les droits du Diadême ?
Le Dogme le plus Saint, l'ordre le plus parfait,
Sauver ſon Souverain, peut-il être un forfait !
Quel exemple aux Chrétiens ! Ah ! dans leurs mains perfides,
Grand Dieu ! briſe à jamais ces poignards parricides,
Que fabrique l'Enfer, dont s'arme la fureur,
Et qu'au ſein de ſes Rois plonge une aveugle erreur.

THEODORE.

Pour aimer le Sultan, pour lui reſter fidelle,
Iréne, je n'ai pas beſoin de votre zéle.
Sans diſcuter ici les droits de Mahomet,
Ses bienfaits, ſes vertus m'ont rendu ſon Sujet.
Des biens que j'ai reçus il faut que je m'acquitte ;
Oui, j'en croirai l'amour qui pour lui ſollicite ;

Et s'il m'eſt défendu de lui ſervir d'appui,
Il m'eſt permis du moins de mourir avec lui.
J'y cours : Adieu, ma fille.

I R E' N E.

                    Arrêtez, ô mon pere !
Arrêtez, ou je meurs. Ciel, quelle eſt ma miſére!
Il faut, lorſque pour moi mon amant va périr,
Que j'enchaîne le bras qui le peut ſecourir.
Vivez, Seigneur, vivez ; dans mon ame affligée
J'entens déja gémir la nature outragée ;
Vivez, épargnez-moi le reproche éternel
D'avoir porté le fer dans le ſein paternel.
Quel état ! Quel tourment ! Epreuve rigoureuſe !
Peut-on être innocente, enſemble & malheureuſe ?
Oui, ma vertu triomphe, & la faveur du Ciel
M'inſtruit à terminer un embarras cruel.
Sa voix a retenti, le ſort veut qu'on l'entende ,
Ce n'eſt point votre ſang , c'eſt le mien qu'il demande.
Mourir pour un Sultan, en vous c'eſt déſeſpoir ;
Mourir pour mon Epoux, Seigneur , c'eſt mon devoir.

T H E O D O R E.

Non, ne m'arrêtez plus. Une douleur ſi tendre
Ne peut..... Naſſi paroît ; que va-t-il nous apprendre?

SCENE VII.

NASSI, THEODORE, IRE'NE.

IRE'NE.

AH! que fait Mahomet?

NASSI.

Le Soldat en fureur
Répandoit dans Byzance & le trouble & l'horreur.
Divifés d'intérêts, réunis par la haine,
L'un menace les Grecs, & veut le fang d'Iréne :
L'autre, dont le Vifir échauffe le courroux,
Brûle fur Mahomet de fignaler fes coups.
Mais à peine il paroît, tout fuit, tout fe difperfe ;
Son chemin eft comblé des Mutins qu'il renverfe ;
La terreur, la vengeance, éclatent dans fes yeux ;
Chaque coup, chaque trait perce un Séditieux.
Déja jufqu'au Vifir il s'eft fait un paffage.
Le Vifir frémiffant voit approcher l'orage.
» Sultan, je puis te perdre ou mourir ; c'eft affez ;
Dit-il ; & fur fon Maître il fond à coups preffés.
Mahomet furieux leve une main fanglante,
Et du fein du perfide il la tire fumante.
Cependant les Soldats, dans ces murs répandus,
Pourfuivent à grands cris les Chrétiens éperdus.

Le

Le Sultan veut envain détourner la tempête ;
Il menace, il immole, & rien ne les arrête.
Enfin de leur Prophéte il saisit l'étendart,
Rappelle les Mutins fuyans de toute part ;
Et ce signe, pour nous une fois salutaire,
Domte, & suspend les coups du cruel Janissaire.
Mais le trouble, Seigneur, n'est point encore calmé
D'un siniftre avenir mon cœur est alarmé.
Ils demandent le sang d'une tendre victime . . . .
Je crains, en la nommant, de partager leur crime.

I R E' N E.

Enfin, c'est donc sur moi que le Ciel en courroux,
D'un orage effrayant a rassemblé les coups !
Voilà donc tout le fruit de mon amour funeste !
De tant de biens promis, la mort seule me reste !
Seigneur, vous le voyez, il n'est plus temps de fuir.
L'arrêt est prononcé, c'est à moi d'obéir ;
Et je vais . . . .

THEODORE.

Ah ! ma fille, où fuis-tu sans ton pere ?
Sauve-toi dans mes bras, ô fille encor trop chere !

I R E' N E.

Oui, Seigneur, de vos bras j'accepte le secours ;
Mais c'est pour ma vertu, bien plus que pour mes jours.
Pour la derniére fois ouvrez le sein d'un pere,
Aux larmes que m'arrache une douleur sincere.
Pour fléchir l'Etre à qui j'ose les adresser,
Sur quel Autel plus saint pourrois-je les verser ?
Que fais-je ? Surmontons ces indignes alarmes :

L'Innocence expirante est au-dessus des larmes.
Ne laissons point le Peuple arbitre de mon sort;
Et du moins, en Chrétienne, offrons-nous à la mort.

Fin du quatriéme Acte.

ACTE V.

SCENE PREMIERE.

MAHOMET, *suite*.

MAHOMET *à sa suite qui sort*.

U'ON me laisse. Ah, grand Dieu ! par qui
sera calmée
Cette horrible fureur en mes sens allumée !
Dans des ruisseaux de sang mon cœur vient de
nager ;
Et ce cœur plus ardent brûle de s'y plonger.
Impétueux effort qui déchire mon ame,
Qui des deux te produit, ou ma gloire, ou ma flamme !
Ma flamme ! Quoi ? Parmi tant de transports affreux,
J'entends encor les cris d'un amour malheureux.
Qu'il gémisse ! Qu'il meure ! Ah ! sa langueur funeste
A déjà trop flétri des jours que je déteste.

Rhodes , Rhodes subsiste ; & malgré mes sermens
Ce Rempart des Chrétiens brave les Ottomans.
Scanderberg, triomphant dans un coin de l'Epire ,
Du creux de ses Rochers insulte à mon Empire.
Vainqueur infatigable , il remplit l'Univers.....
Et Mahomet vieillit dans la honte & les fers !
De tant de lâchetés il est temps de t'absoudre.
Tonne , éclate, détruis, arme-toi de la foudre ;
Sous les Remparts de Rome ensevelis tes feux ;
Remplis tes hauts projets , ou péris glorieux.
Saisissons le moment d'un dépit magnanime ;
Immolons à ma gloire une grande victime ;
Effrayons l'Univers ; & , digne Potentat,
Par un exemple affreux confondons le Soldat.
Il est digne de moi, cet exemple terrible ,
Vaincre ma passion, c'est me rendre invincible.
Que dis-je ? Ah ! malheureux, quel horrible forfait !
O mort ! viens dévorer le cœur & le projet.

SCENE II.

MAHOMET , L'AGA.

MAHOMET.

Barbare ! viens jouir du trouble où tu me jettes.
Viens ; tes fureurs encor ne sont pas satisfaites.

L'amour, le tendre amour parle encor à mon cœur,
Inſpire-moi ta rage, & comble mon malheur.
Que dis-je ? Il eſt comblé. Frémis, connois ton Maître ;
Dans toute ſa grandeur il s'apprête à paroître.
Ou la gloire, ou la rage ont jetté dans mon ſein
Un projet... Non, cruels, vous l'eſpérez en vain ;
Non, ma fureur s'attache à de moindres victimes ;
Et j'irai par degré juſqu'au dernier des crimes.
Oui, vous périrez tous ; & de ce crime, au moins,
Ceux qui l'auront cauſé, ne ſeront pas témoins.

L' A G A.

J'ai prévû les combats que te livre la gloire.
Ton cœur, trop foible encor, balance la victoire.
Je viens t'aider. Pour rompre un lien plein d'appas ;
Ce que peut ton Eſclave, eſt de t'offrir ſon bras.

M A H O M E T

Quels ſujets, juſte Ciel, m'a ſoumis ta colére !
Tel eſt, des Muzulmans, l'effrayant caractére.
Dans le ſang le plus pur ardens à ſe plonger,
Montrez-leur la victime, ils courent l'égorger.
Admirateurs outrés d'une valeur farouche,
La vertu, la pitié, l'amour, rien ne les touche.
S'ils ne craignent leur Maître, ils le feront trembler ;
Et pour les commander, il faut leur reſſembler.
Eh bien, cruels, eh bien, il faut vous ſatisfaire ;
Il faut être parjure, impie, & ſanguinaire,
Déteſter l'innocence, abjurer la vertu....
Ah! le Ciel t'a donné le Prince qui t'eſt dû,

Peuple ingrat ! J'ai voulu régner en juste Maître ;
Il te faut un Tyran ; sois content, je vais l'être.

L'AGA.

Quoi donc ? A l'amour seul borner tous ses desirs !
Quoi ? Dormir sur un Trône entouré de plaisirs !
Parer ses mains d'un Sceptre ; & méprisable idole
D'un Peuple desarmé boire l'encens frivole !
Quoi ? C'est donc là régner ! Ah ! qu'est-ce que j'entends ?
Ce n'est point pour régner que naissent les Sultans ?
Depuis que tes Ayeux, du fond de la Scythie,
Fiers Enfans de la Guerre, ont inondé l'Asie,
Aucun d'eux n'a régné, tous ils ont triomphé.
Vois par eux des Soudans le pouvoir étouffé ;
Par eux l'Assirien chassé de Babylone ;
L'efféminé Persan renversé de son Trône ;
Le Caraman vaincu ; le Bulgare asservi ;
Le Hongrois abaissé ; le Thrace anéanti.
Ils régnoient tous ces Rois que leur valeur écrase :
De leur Trône abattu l'équité fut la base.
L'amour ainsi qu'au tien, siégant à leur côté,
Leur mollesse usurpoit le nom de Majesté,
Ah ! lorsque dans ces murs, Théâtre de ta gloire,
Ton intrépidité conduisit la victoire,
Lorsque ton bras puissant foudroyant ces ramparts,
Abattit & saisit le Sceptre des Césars :
Ah ! tu régnois alors ; & si j'ose le dire,
Plus que tous tes Ayeux tu méritois l'Empire.
L'Univers consterné présageant ta grandeur,
Déja tendoit les mains aux fers de son Vainqueur,

Quel changement., ô Ciel! J'en appelle à toi-même.
Mahomet peut tout vaincre: Et que fait-il? Il aime.
Je me tais. Mon audace a mérité la mort:
Mais puisqu'on me pardonne, on céde à mon transport.

MAHOMET.

Cesse, & n'ajoute rien à ma douleur profonde.
Tu me formas, cruel, pour le malheur du monde.
La cruauté perfide & l'aveugle fureur
Par tes barbares soins ont germé dans mon cœur.
Par un chemin plus noble, & plus rude peut-être;
Au-dessus des Grandeurs on m'auroit vû paroître;
J'eusse été de la terre & l'amour & l'honneur:
On m'y force, il le faut; j'en vais être l'horreur.
Par des torrens de sang, chemins de la victoire,
Je jure de poursuivre une inhumaine gloire.
Jouets de mon orgueil, les mortels gémiront;
Jusques dans mes plaisirs leurs cris retentiront.
Tu triomphes! Va, cours, éloigne de ma vûë
La Beauté qui régna sur mon ame éperduë.
Furieux, & flottant sur mon sort, sur le sien,
Si je la vois encor, je ne répons de rien.
Sauve-moi de ses pleurs, sauve-la de ma rage.
Un instant peut la perdre, ou vaincre mon courage.
La voici. Juste Ciel! Je ne me connois plus.

   (*à l'Aga*)

Laisse-moi; tes conseils sont ici superflus.

L' A G A *à part.*

Quelle entrevûë, ô Ciel! Que je crains sa tendresse!
Sauvons-le, malgré lui, de sa propre foiblesse.

SCENE III.

MAHOMET, IRE'NE.

IRE'NE.

MOn abord vous furprend. Soigneux de m'éviter,
Votre exemple, à vous fuir, auroit dû m'exciter.
Avouez-le, Seigneur, vous n'aimez plus Irène :
Vous craignez fes regards ; fa préfence vous gêne.
Raffûrez-vous. Chaffez le trouble où je vous vois.
Elle vous parle ici pour la derniere fois.
Sultan, je ne t'ai point déguifé que mon ame
A fait tout fon bonheur de partager ta flâme.
Ardente à te prouver l'amour le plus parfait,
Tout ce que la vertu m'a permis, je l'ai fait.
Cette même vertu veut que ma flamme expire,
En cédant à fes Loix, je tremble, je foupire ;
Je fens bien que mon cœur n'y réfiftera pas.
Mais qui domte l'Amour, ne craint point le trépas.
Je dégage ta foi ; je te rends ta promeffe ;
Je renonce à l'Hymen qui flattoit ma tendreffe.
L'effort eft rigoureux ; il eft digne de moi.
Vous, Seigneur, de la gloire, allez, fuivez la Loi.
J'ofe pourtant vous faire encore une priére :
Ne la rejettez point, Seigneur, c'eft la derniére.
Soulagez les Chrétiens ; vous me l'avez promis :
Que votre cœur jamais ne fe ferme à leurs cris :

Aimez-les. Mahomet, enfin qu'il vous souvienne
Qu'Irène vous fut chére, & qu'elle fut Chrétienne.
Je lis dans vos regards de sincéres douleurs.
C'en est assez. O Ciel ! j'accepte mes malheurs.[1]

M A H O M E T.

Je n'avois pas prévû de si vives allarmes.
Iréne, triomphez ; voyez couler mes larmes.
Objet de mes desirs, doux charme de mes yeux ;
Hélas ! vous méritiez un destin plus heureux,
Iréne ! chére Iréne, il en est temps encore,
Fuyez ; éloignez-vous. Le feu qui me dévore
Peut, dans son âpreté, consumer son objet.
Ah ! si vous connoissiez le cœur de Mahomet,
Ses transports, sa fureur, sa noire barbarie ! . . . .
L'amour d'un Musulman est un amour impie,
Toujours prêt, dans sa rage, à détruire l'Autel
Où son respect brûloit un encens solemnel.
Jamais à mes desirs vous ne fûtes plus chére ;
Et cependant jamais l'implacable colére
Ne menaça vos jours d'un si pressant danger.
(*Il leve son Poignard sur Iréne.*)
Ce Poignard, dans ton sein est prêt à se plonger.
Iréne, crains la mort ; son horreur t'environne ;
Ma fureur te l'annonce, & mon bras te la donne.

I R E' N E.

Ton bras est suspendu ! Qui t'arrête ? Ose tout.
Dans un cœur tout à toi, laisse tomber le coup ;
Frappe : finis mes maux : Iréne te pardonne.

MAHOMET *laiſſant tomber ſon bras.*

Tu me pardonnes Ciel ! je frémis, je friſſonne.
Mon cœur ſous ta conſtance eſt contraint de plier.
Le crime eſt imparfait ; le remords eſt entier.
Tu pleures ! tu gémis ! Ah, trop puiſſante Iréne !
Je ſens qu'à tes genoux ma foibleſſe m'entraîne,
Ce fer, ce même fer qui t'a pû menacer,
Dans mon perfide ſein eſt prêt à s'enfoncer.

(*Il veut ſe percer, mais Iréne l'arréte.*)

Tu m'arrêtes! Ah! Dieu, que d'amour !..Que de charmes!..

(*Il laiſſe tomber le Poignard.*)

Hé quoi ? tant de fureur ſe termine à des larmes !...
Iréne, décidons. Veux-tu vivre & régner?
Aux yeux de mes Soldats je vais te couronner.
J'en jure par le Ciel. Tes attraits, ma puiſſance,
Les ſupplices, la mort, vaincront leur réſiſtance.
Que dis-je ? Ah ! fuis plûtôt ; fuis, dangereux objet.
Mon amour, ma vertu, mes pleurs ſont ton forfait.
Laiſſe-moi tout entier m'abandonner au crime ;
Et du moins ne ſois pas ma premiére victime.

IRE'NE.

Oui, je vais terminer tant de combats affreux.
Je vous quitte. Oubliez un objet malheureux.
Ne vous reprochez plus votre amour pour Iréne.
Cet inſtant, pour jamais, va briſer notre chaîne....
Pour jamais! ....Ah, Seigneur !... Mais dans ce triſte jour
Je pleure vos vertus bien plus que votre amour.
Adieu. Souvenez-vous pour qui je vous implore.

SCENE IV.

MAHOMET *feul.*

JE te laiſſe partir, Iréne, & je t'adore !
Quel horrible triomphe ! Il accable mon cœur.
Tout s'y taît, tout y meurt, tout, juſqu'à la fureur.
Ce calme toutesfois n'eſt qu'un calme perfide.
Oui, de tous mes inſtans ce ſeul inſtant décide.
Les vertus dans mon ame avoient ſuivi l'amour ;
L'amour céde , & j'y ſens le crime de retour.
Quel bruit ſe fait entendre ?

SCENE V.

MAHOMET, THE'ODORE, GRECS.

THE'ODORE, *déſarmé, & bleſſé ; ſoûtenu par ſes Grecs.*

AH ! Seigneur, ta preſence,
Peut ſeule, des Mutins, déſarmer l'inſolence.
Je combattois .... Irène accourt avec tranſport,
Elle me voit ſanglant, elle cherche la mort ;

Par le fer des Soldats fon fang va fe répandre....
Je me meurs : & mon bras ne peut plus la défendre.

MAHOMET.

S'il faut que dans fon fang mes Soldats ayent ofé !...
Ah! courrons, trop long-temps c'eſt être méprifé.
Traîtres, vous fléchirez ; ou cette même Iréne,
J'en jure, ne mourra que votre Souveraine.
Non, la néceſſité ne peut rien fur les Rois ;
Et mon cœur n'eſt point fait pour recevoir des Loix ;

SCENE VI.

THE'ODORE, GRECS.

THE'ODORE.

Dieu ! de tant de périls garantiſſez Iréne !

SCENE VII.

ZAMIS, THE'ODORE, GRECS.

ZAMIS.

Quel triomphe ! Ah ! Seigneur, je ne le crois qu'à peine.

THE'ODORE.

Iréne !....

ZAMIS.

Tout lui céde. Aux Portes du Palais,
Les Mutins pourſuivoient leurs criminels projets.
Leurs coups portoient par tout la mort inévitable,
Iréne .... j'en frémis ; Iréne inébranlable,
Porte à travers le fer ſes pas précipités
Et méprifant la mort.... » Perfides, arrêtez,
» Dit-elle ; des Chrétiens épargnez l'innocence ;
» Tournez contre moi ſeule une juſte vengeance :
» C'eſt moi qui vous ravis un Vainqueur glorieux ;
» Frappez ; trempez vos mains dans un ſang odieux.
A peine elle a parlé, ſon aimable préſence,
Met la Diſcorde aux fers, & bannit la licence.
Eperdus, conſternés, tremblans à ſes genoux,
Ils cédent en ſilence à des charmes ſi doux.

THE'ODORE.

Ciel ! je t'offre ma mort. Mon cœur n'a plus d'allarmes.
Je vois Naſſi. Grand Dieu ! que m'annonçent ſes larmes !

SCENE VIII.

NASSI, THE'ODORE, ZAMIS, GRECS.

NASSI.

Venez, Seigneur, venez ; ſortons de ce Palais.

THE'ODORE.

Je tremble.

NASSI.

Epargnez-vous d'inutiles regrets.

THE'ODORE.

Iréne!....

NASSI.

Hélas!

THE'ODORE.

Naffi!....

NASSI.

Malheureufe Victime!.:;;

Elle n'eft plus.

THE'ODORE.

Grand Dieu!

NASSI.

Mes yeux ont vû le crime.

THE'ODORE.

Et quelle main barbare, inftrument du forfait?....

NASSI.

Frémiffez; c'eft la main du cruel Mahomet.

ZAMIS.

Jufte Ciel!

THE'ODORE.

Je me meurs.

NASSI.

Iréne triomphante,
Contemploit à fes pieds l'armée obéiffante;

Mahomet a paru. Les chefs & les Soldats,
D'Iréne, par leurs cris, célébrent les appas.
Il s'arrête ; il admire ; il soûpire ; il s'avance,
Aux cris tumultueux succede un long silence.
Il marche . . . . Dans ses yeux sont la rage & les pleurs.
» Le voilà, cet objet, proscrit par vos fureurs,
» A-t'-il dit ; cet objet, à qui la vertu même,
» Auroit du Monde entier cédé le Diadême !
» Vous étiez trop heureux sous un regne si doux,
» Je vous vois maintenant trembler à ses genoux.
» Traîtres, il n'est plus temps. Pleurez sur sa mémoire :
» Vous la perdez, cruels ; je l'immole à ma gloire.
 Ah ! Seigneur ! furieux, il saisit un Poignard ;
Il jette sur Iréne un funeste regard,
La frappe . . . . Pardonnez à ma douleur mortelle,
Le sang coule ; déja la Victime chancelle ;
Elle tombe ; ses yeux se tournent vers le Ciel ;
Et son cœur expirant pardonne au Criminel.

THE'ODORE.

Grand Dieu ! dont le courroux éclate sur Byzance,
Que sa mort & la mienne appaisent ta vengeance.

FIN.